La petite imagerie

LES CAMIONS

FLEURUS

Porteurs et tracteurs

Il existe des camions porteurs et des camions tracteurs. Les porteurs peuvent être équipés d'une benne, d'une caisse ou d'un plateau. Les tracteurs tirent différentes remorques grâce à un attelage.

Le moteur peut se trouver sous la cabine (1) ou bien sous le capot, à l'avant de la cabine (2).

Le poste de conduite est dans la cabine. Souvent, celle-ci est aménagée avec une banquette, une télé, un frigo...

Le tracteur possède une sellette d'attelage à laquelle on peut fixer une remorque. L'ensemble forme un camion appelé « semi-remorque ». En attendant d'être accrochée, la remorque repose sur des béquilles. La manœuvre pour atteler la remorque au tracteur doit se faire sur un sol plat.

Les camions de chantier

Sur un chantier, on transporte et on déplace toutes sortes de matériaux : de la terre, du ciment, des gravats, des blocs de béton et même des grues ! Il faut de solides camions, qui peuvent aller sur tous les terrains.

Le **camion-benne** déverse facilement son chargement grâce à sa benne qui bascule.

Le conducteur commande la benne depuis son tableau de bord en suivant les indications de son collègue.

Le **camion-grue** déplie son bras télescopique (la flèche) pour monter des charges. Il peut ainsi atteindre une vingtaine d'étages.

Le camion-grue permet de soulever des blocs de béton, des poutrelles en métal... Une fois son bras replié, il peut circuler sur la route.

L'ouvrier fait couler le béton grâce au bras articulé de la pompe à béton.

Ce **camion-toupie** équipé d'une pompe sert à transporter du béton. Sa benne tourne en permanence pour que le mélange ne durcisse pas au fond. La pompe à béton aspire le mélange de ciment, de sable et d'eau du camion-toupie.

Transporter des marchandises

Des cagettes de fruits aux grosses autos, les camions ont des chargements très variés. Ils sont équipés en fonction de ce qu'ils transportent.

Pour charger ce camion porte-voitures, le conducteur monte d'abord les véhicules sur le pont du dessus, puis sur le pont du dessous.

Les **camions grumiers** déplacent des grumes, de longs troncs d'arbres, qu'il faut emporter des forêts, où on les a coupés, jusqu'aux usines, où ils seront transformés pour devenir des meubles, du parquet... Ces camions sont équipés d'une grue qui aide au chargement.

Le **camion frigorifique** sert au transport de produits frais (fruits, légumes, viande, poisson...). Sa caisse produit du froid comme un réfrigérateur.

Le **camion porte-conteneurs** achemine d'énormes boîtes en métal qui renferment différentes marchandises. Son plateau comporte une chargeuse pour les hisser.

Les camions-citernes

Avec leur grosse cuve, ces camions sont réservés au transport de lait, d'essence, de grains, de farine, de gaz, de vin, etc. Après chaque utilisation, la cuve est soigneusement lavée.

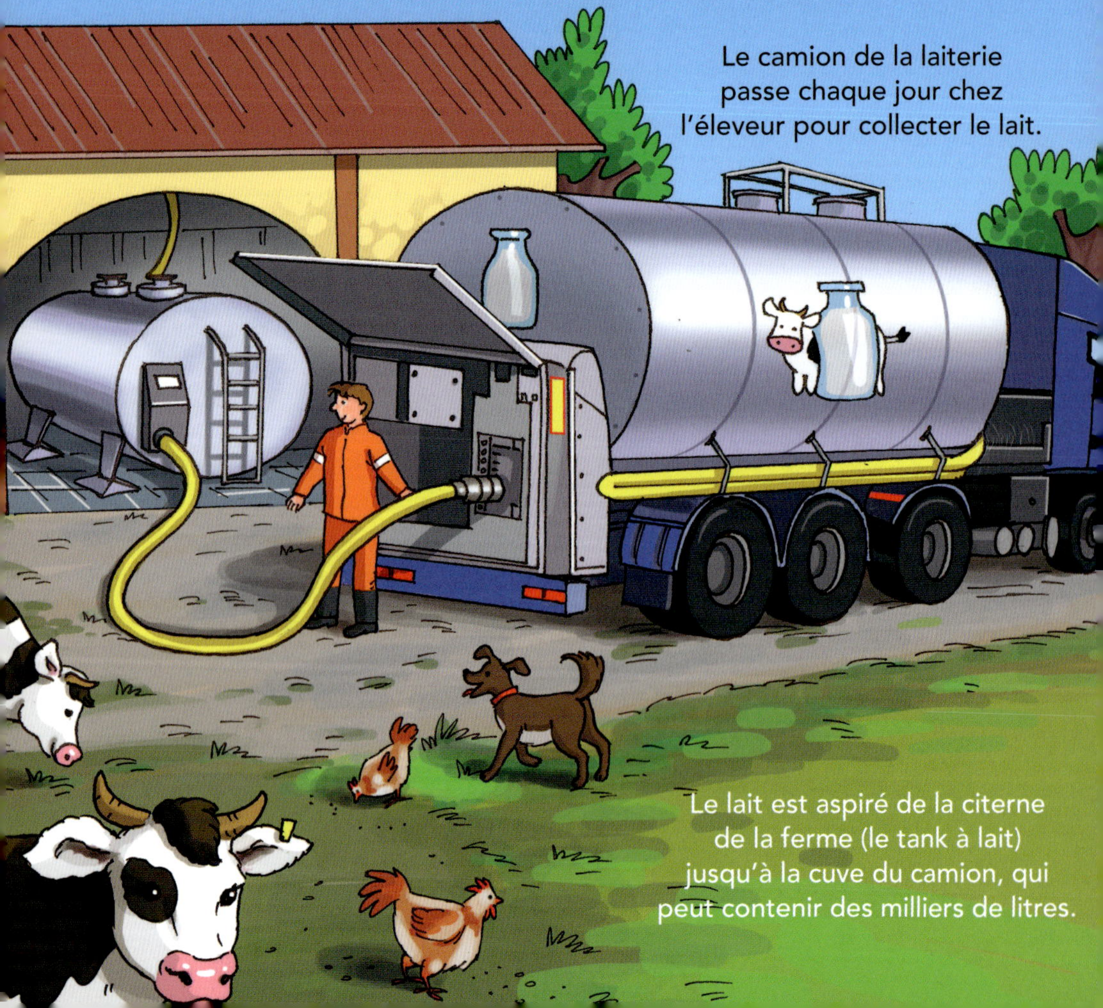

Le camion de la laiterie passe chaque jour chez l'éleveur pour collecter le lait.

Le lait est aspiré de la citerne de la ferme (le tank à lait) jusqu'à la cuve du camion, qui peut contenir des milliers de litres.

Dans cette cimenterie, on remplit le camion de poudre de ciment par le haut de la cuve. À l'arrivée, on bascule la citerne pour la vider.

Ici, les grains pour nourrir les animaux sont envoyés par un tuyau de la citerne vers le réservoir de stockage de l'éleveur (un silo).

Ce dessin montre l'intérieur de la citerne.

Ce camion-citerne livre une station-service. L'employé fixe un tuyau-pompe qui relie la citerne au réservoir souterrain de la station. La cuve du camion a plusieurs compartiments pour chaque type de carburant (essence, diesel...).

Camions de pompiers

Avec leur couleur rouge, leur gyrophare et leur sirène, ils sont impressionnants quand ils traversent la ville ! Il existe des camions pour chaque mission.

Le camion appelé « la grande échelle » permet d'aller secourir les personnes prisonnières des flammes dans les étages. Celui-ci est un modèle américain.

Le **fourgon pompe-tonne** est le premier à arriver sur les lieux de l'incendie. Il possède une réserve d'eau et des tuyaux pour vite attaquer le feu.

En cas de feu de forêt, ce fourgon tout-terrain passe partout et sa cabine est bien protégée. Sa citerne contient plusieurs milliers de litres d'eau.

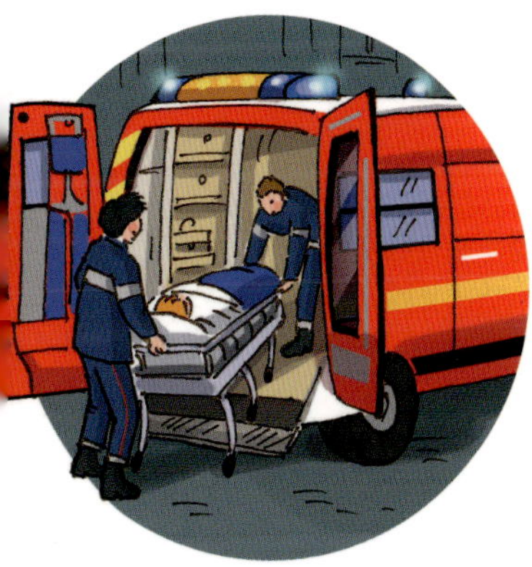

Le **véhicule de secours** est équipé pour permettre de donner les premiers soins et d'emporter rapidement les blessés à l'hôpital.

Ce drôle de camion est plus rare. Il est utilisé dans les aéroports quand un incendie d'avion se déclare. Ses jets ultrapuissants peuvent par exemple arrêter un feu de réacteur.

Les camions de service

Ces camions sont équipés pour ramasser les poubelles, déneiger les routes en hiver ou transporter les véhicules en panne.

Le conducteur s'arrête régulièrement pour que les agents, à l'arrière du camion, puissent saisir les poubelles. Placées sur un système de levage, elles sont soulevées et vidées.

En hiver, la **déneigeuse,** dont les roues sont équipées de chaînes, pousse la neige avec sa grande lame pour dégager les routes.

Quand il gèle, la **saleuse** dépose du sel ou du sable sur la chaussée pour faire fondre la glace, très dangereuse pour les automobilistes.

Aspirer, arroser et frotter pour bien nettoyer la chaussée et les trottoirs, c'est le rôle de la **balayeuse.** Elle est munie d'un aspirateur puissant et de jets d'eau efficaces.

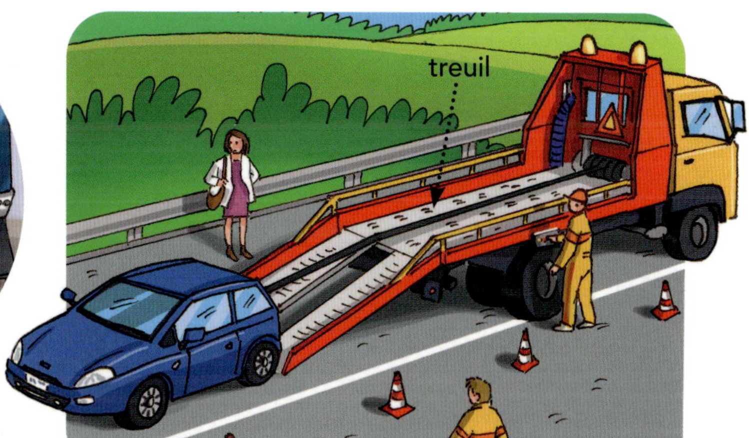

Pour déplacer une voiture en panne ou accidentée, il faut une **dépanneuse.** Elle possède un plateau sur lequel la voiture est hissée grâce à un treuil.

Les camions militaires

Qu'ils transportent des soldats, des armes ou des véhicules, ils doivent être solides et s'adapter à tous les terrains. Ils sont peints aux couleurs du paysage pour passer inaperçus.

Ce camion **lance-missiles** est un véhicule blindé sur lequel a été monté un lanceur de fusées.

Pendant le tir, le camion doit avoir sorti ses stabilisateurs, des béquilles qui évitent au camion de basculer.

Ce camion est unique, c’est un **poseur de pont**. En moins de 5 minutes, il est capable de déployer un pont pour permettre le passage de chars au-dessus d’une rivière ou d’une grosse crevasse. Les troupes peuvent ainsi aller plus vite.

Ce **camion de transport de troupes** est blindé : sa carrosserie résiste aux tirs, assurant ainsi la protection de ses passagers. Il peut aussi aller dans l’eau.

Le camion **porte-chars** est équipé d’un moteur très puissant, car il doit pouvoir transporter un char pesant plus de 50 tonnes, soit le poids de 40 voitures environ !

Des camions de course

Il existe des courses et des rallyes de camions.
Plus ils sont gros et puissants, plus le spectacle
est impressionnant !

Comme pour les courses
de voitures de Formule 1,
les dérapages dans
les virages sont fréquents
et les accrochages aussi.

Dans les courses de **camions-cross**, quatre camions prennent le départ ensemble sur un circuit en terre avec des séries de virages.

Les **camions de trial** franchissent des crevasses, des rochers... avec parfois les roues dans le vide. Ces bolides passent par des endroits incroyables.

Coups de frein, dérapages, sauts, cailloux, sable, boue... les camions de course en voient de toutes les couleurs ! Les mécaniciens ne manquent pas de travail.

Les camions des **rallyes-raids** doivent affronter des dunes, traverser des rivières, rouler sur des pistes caillouteuses le plus vite possible. Parfois, ils restent coincés dans le sable.

Des camions incroyables

Certains camions sont extraordinaires. Ce sont des monstres comme le dumper, des camions avec des dizaines de remorques ou tout simplement des camions décorés de manière époustouflante.

Le **dumper** est un camion-benne utilisé dans les mines à ciel ouvert. Ce géant ne peut pas circuler sur les routes.

C'est le plus gros camion du monde.

Ce camion est un « big foot », ce qui signifie « grand pied » en anglais. C'est un engin de spectacle, seulement visible dans les stades ou sur circuit.

Entièrement peint à la main, ce camion d'Asie est un vrai petit chef-d'œuvre sur roues et il fait la fierté de celui qui le conduit.

Dans les pays très vastes, comme en Australie, il existe des routes toutes droites sur des centaines de kilomètres. On peut y croiser des camions tellement longs qu'ils ressemblent à des trains. Ces gigantesques convois ne peuvent pas traverser les villes.

Jeux

Parmi ces camions, lequel est un camion-citerne ?